Georg Friedrich Brander

Beschreibung und Gebrauch eines geometrischen

Instruments

Georg Friedrich Brander

Beschreibung und Gebrauch eines geometrischen Instruments

ISBN/EAN: 9783742815101

Hergestellt in Europa, USA, Kanada, Australien, Japan

Cover: Foto ©Andreas Hilbeck / pixelio.de

Weitere Bücher finden Sie auf **www.hansebooks.com**

Beschreibung und Gebrauch

eines geometrischen

Instruments

in Gestalt

eines Proportionalzirkels,

welches

in allen praktischen Fällen der Feldmeßkunst

leicht und gut zu gebrauchen;

auch zu astronomischem Vergnügen dienet,
und auf Reisen sehr bequem mit sich
geführet werden kann:

nebst

angehängter Beschreibung

eines

Systems von Maaßstäben

zu Zeichnungen,

von

Georg Friederich Brander,

der Churbayrischen Akademie der Wissenschaften Mitglied
und Mechanikus in Augsburg.

Mit Kupfern.

Augsburg,
bey Eberhard Kletts sel. Wittwe und Frank.
1780.

Vorbericht.

Ein Instrument zu verfertigen, wie das gegenwärtige ist, welches ich nun kürzlich beschreiben will, hat das Verlangen solcher Liebhaber veranlasset, die sich mit der praktischen Geometrie zu unterhalten pflegen, aber mit trigonometrischen Rechnungen sich nicht abgeben mögen.

Daß das Instrument nur mit Tychonischen Absehen oder Visirs versehen, ist ebenfalls geschehen, um dem Begehren derjenigen Liebhaber Genüge zu leisten,

die

Vorbericht.

die mit dioptrischen Werkzeugen umzugehen keine Lust haben; weil sie mit so gestalten Instrumenten nicht unterrichtet worden, und nun erst solches zu lernen und anzugewöhnen sich nicht entschließen wollen.

Dieses Werkzeug ist eigentlich das, was mein amphidioptrischer Goniometer ist, nur mit dem Unterschied, daß es nicht dioptrisch und daß es sogleich die wirklichen Werthe der Winkel ansagt, die man bey dem Goniometer in den Chordentafeln erst nachsuchen muß. Ich habe eben darauf Bedacht nehmen müssen, daß alles schleunig bewerkstelliget, und jeder vorkommender Fall so mechanisch als möglich vollzogen werden könne.

Zugleich habe ich auch nicht außer Acht gelassen, alles so einzurichten, daß das Instrument nicht nur zu jederweiligem Gebrauche geschwinde zusammen gesetzt und wiederum zerlegt, sondern auch so enge
zu

zusammen in ein Futteral gepackt werden
möge, als nur immer thunlich, und zur Bequemlichkeit im Transport und auf Reisen
mitzuführen, vortheilhaft seyn dürfte.

Da schon vor dieser Beschreibung einige Gönner und Freunde mit diesem Instrument bedienet worden, so habe mich
schuldig gefunden, mein gethanes Verspre-
chen zu erfüllen und eine so kurze als deut-
liche Anweisung darüber zu geben, um
diese Herren in den Stand zu setzen, völ-
ligen Gebrauch von dem Werkzeuge, das
Sie besitzen, nach allen seinen Theilen und
damit gehabten Absichten, machen zu können. Zur Ersparniß meiner Zeit schien
mir der kürzeste und schicklichste Weg, die
Bekanntmachung durch den Druck.

Da die längst vergriffene Beschreibung eines Systems von Maaßstäben ein
eben so kleines Stück ist, als die Beschrei-

A 3

bung

Vorbericht.

bung des erst erwähnten Jnstruments, so
haben die Verleger es nicht vor unschick-
lich gehalten, solche anzuhängen, und diese
Gelegenheit zur zwoten Auflage gewählet.

· Sollten diese wenigen Blätter das Glück
haben, eben so gut als meine vorausge-
gangene aufgenommen zu werden, so
schmeichle ich mir auch das weitere Ver-
trauen zu meinen Arbeiten, welches mich
in die angenehme Verbindlichkeit des Dan-
kes versätzet, den ich jedem Freund und
Gönner schuldig bin

G. F. Brander.

Be=

Beschreibung
des
geometrischen Instruments.

Die erste Figur stellet das Instrument vor, wie es zu Aufneh-
mung der Horizontalwinkel zusammengesetzet ist,
und zu diesem Gebrauche da liegt.

Fig. 1.

Es bestehet aus zwey Schenkeln A und B,
die aus Mahogony oder einem andern sehr festen
Holze verfertigt, und bey C in einer Charniere
oder Gewerbe zusammen gehängt sind; welches
wegen Dauer und fleißigerm Gange, in der
Mitte und zu beyden Seiten mit Meßing gar-
nieret ist.

Das Centrum, um welches beede Schenke
sich bewegen, ist hohl, wie Fig. 2. zu sehen. In
dieses Loch wird das Absehen D, so vor das

A 4   Auge

Auge kömmt, mit seinem conischen Zapfen gesteckt.

An den beeden Enden dieser Schenkel sind die zwey Absehen E und F eingesteckt, deren Fäden genau auf den zwey Schärfen der Schenkel, die im Centro zusammenlaufen, stehen, und mit ihnen perpendikular sind.

Auf den zwey Schenkeln sind Maaßstäbe getheilet, die gleichtheilig vom Centro an durchaus laufen, und auch von da an gezählet werden; so, wie man sie hier in der Figur von einer Seite des Instruments erblickt, so sind sie auch auf der hintern Seite angebracht. Der Gebrauch dieser Theilung wird unten vorkommen und beschrieben werden.

G ist das Chordenlinial oder der Winkelmesser; dieses Linial wird durch den beweglichen Kasten H, der auf dem Schenkel B ist, geschoben, auf den Schenkel A aber wird es an einem Ende mit der Knopfschraube I angeschraubet.

Die Eintheilung dieses Linials ist nicht gleichtheilig, weil es die wirkliche Chorden der Winkel giebt, und zwar von 10 zu 10 Minuten, da
jeder

jeder Grad in 6 Theile getheilet ist. Das Zeigerchen Z schneidet die Theilungen ab. Durch die sogestalte Eintheilung ist man also bey diesem Instrument des Nachschlagens in den Chordentafeln überhoben.

Die Zwinge K mit der Schraube L wird an das Chordenlinial angeschoben, und von unten mit ihrer besondern Schraube festgestellt. Die Schraube L schraubet sich in die Mutter m, und mit dieser kann man die feine Bewegung dem Schenkel B geben, bis der Faden des Absehen F das zweyte Object scharf abschneidet; damit sich aber nichts verrückt, so kann man mittelst Anziehung der Schraube n des Chordenlinial arretiren. So wie jetzo nach der Figur die Zwinge K bey G an das Chordenlinial angeschoben ist, so kann sie auch bey M angeschoben werden, hier muß aber der Kasten H zuvor umgewendet werden, daß der Theil m zu stehen kömmt, wo jetzo n zu sehen ist.

Zum verticalen Gebrauch erhält   Fig. 2. das Instrument noch ein und andere Zusätze, wovor andere vom vorigen Gebrauch wegbleiben. Die zweyte Figur zeiget die verticale Anrichtung. Die drey Absehen D E F, welche

A 5   zuvor

zuvor in C x y gesteckt waren, sind hier unnütze, und an ihrer statt wird in den Schenkel B oben das Absehen N eingeschoben, welches mit zwey sich durchkreuzenden Fäden versehen ist. An dem andern Ende des Schenkels B aber wird die Kapsel O mit dem darinne befindlichen Spiegel eingeschoben, bey P aber das in Meßing gefaßte gefärbte Glas eingesteckt, wenn man nach der Sonne visiren will.

Damit das Instrument einen sichern Stand habe, so wird in den Schenkel A das meßingne Querstück Q welches zwey Stellschrauben R R hat, eingesteckt. Vermittelst dieser zwey Schrauben R R und einem dritten S giebt man dem Instrumente seinen wahren Stand, einmal nach der Libell T das anderemal nach dem Senkbley V; erstres bestimmt den Nievaux, letzters aber das Planum verticale vom ganzen Instrument. Was man nun im Gebrauche selbst bey diesem Werkzeug zu beobachten hat, kann ich wohl am deutlichsten sagen, wenn ich einige Exempel angebe. Ich will also mit der Aufnahme der Horizontalwinkel den Anfang machen.

Zuerst wählet man sich ein schönes Planum, worauf das Instrument, wie Fig. 1, gelegt wird,

Ist

Ist es ein Meßtischgen, so richtet man es zu
vor nach der Libell bestens horizontal, legt das
Instrument darauf, und schraubet mit einer
hölzernen Schraubzwinge den Schenkel A wohl
an, damit sich das gesammte Instrument wäh
rend der Operation nicht verrucke, sondern der
Faden des Absehen E beständig das erste Object
schneide.   Will man keinen Meßtisch mit sich
schleppen, so lasse man sich ein Brett
gen wie Fig. 3. verfertigen, auf

Fig. 3.

welchem eine aufrechte Wand a ohngefähr so
hoch als die Dicke eines der beeden Schenkeln
A oder B befindlich.   Durch diese Wand a lasse
man zwey hölzerne Schrauben b und c gehen.
Das Loch in der Mitte des Brettgens wird sphä
risch hohl ausgedreht, durch welches man einen
meßingenen oder eisernen einer Nuß ähnlichen
Nagel oder Schraube stecket, und womit man
das Brettgen auf einem Fuß, nach meiner schon
bekannten Art, aufschrauben kann.   Wenn man
nun den Schenkel A der schon durchbohret ist,
mit der eisernen Schraube d auf das Brettgen
bey e aufschraubet, doch so, daß die Seite des
Schenkels A nicht dichte an der Wand a an
stehe, sondern Spilung habe, damit man mit
den hölzernen Schrauben b oder c das Instru
ment

ment vollends scharf auf den ersten Punkt, von welchen man zu messen anfängt, stellen möge. Da durch die obere Scheibe meiner Stative drey Stellschrauben gehen, so kann, wenn man sichs also machen läßt, das Brettgen Fig. 3. und mit ihm das darauf geschraubte Instrument, mittelst derselben genau horizontal gestellet werden, indem die Libell T auf die Schenkel der Länge und Quere nach aufgesetzet wird.

Fig. 4.   Nun will ich setzen, das Instrument stünde schon wirklich also, und man wollte die Horizontalwinkel von O nach A B C D und E Fig. 4. aufnehmen, so verfährt man folgendergestalt. Man drücket die 2 Schenkel A und B des Instruments dicht zusammen, dergestalt, das die beeden Fäden der Absehen E F hintereinander zu stehen kommen, so daß sie dem Auge durch das Löchlein des vordern Absehen nur als ein einzler Faden sichtbar werden. In diesem Stande siehet man nach, wie viel Grade und Minuten das Zeigerchen Z auf der Chordenregel G abschneidet. Ich will setzen, es finden sich just 7 Grade, diese notirt man sich; ich will diesen Winkel eben so, wie schon bey andrer

Gele-

Gelegenheit geschehen, den Auxiliarwinkel heißen, welcher jedesmal von den gemessenen Winkeln abgezogen werden muß.

Ist dieses geschehen, so öffnet man die Schenkel A und B, und visiret durch die drey Absehen von O Fig. 4. nach A, mit dem andern nach B, ferner von A nach C, nach D und nach E, so viel als eben Winkel aufzunehmen vorhanden seyn mögen; wo bey jedem die sich ergebnen Werthe in Grad und Minuten fleißig und genau aufgezeichnet werden müssen. Wird nun von jedem der zuerst gefundne Auxiliarwinkel abgezogen, so bleibt im Rest das wahre Maaß jedes Winkels.

Zum Exempel, man hätte vor A O B gefunden $= 32° 40'$, AOC $= 52° 15'$, AOD $= 67° 20'$, AOE $= 92° 5'$. Also von jedem den Auxiliarwinkel $= 7°$ abgezogen, verbleibt vor jeden Winkel wahre Größe

AOB $= 25° 40'$, AOC $= 45° 15'$, AOD $= 60° 20'$, AOE $= 85° 5'$.

Da die Chordenregel oder Linial G nicht weiter als bis etlich und siebenzig Grade reichet, folglich der letzte von obenfingirten Winkeln nämlich 85° 5' schon nicht mehr hätte aufgenom-

genommen werden können, ſo habe ich den Zuſ
Fig. 5.   ſatz f g Fig. 5. dazu verfertiget. Da
dieſer Zuſatz aber nothwendiger iſt
bey den Vertikalwinkeln, ſo will ich auch
unten davon das eigentliche ſagen. Denn man
wird bey den Horizontalwinkeln eben ſo hurtig
und genau zurechte kommen, wenn man, ſtatt
das Stück f g erſt anzuſchrauben, ſogleich von
B aus, den Winkel BOE nimmt, und den Winſ
kel AOB dazu addirt, um AOE zu erhalten.
Auf ſolche Weiſe könnte man rundum die
Winkel eines ganzen Kreiſes aufnehmen, obſ
gleich die Chordenregel nur bis zu etlich und
ſiebenzig Graden gehet; es ſey dann, daß man
zwiſchen der Chorde von 70 Graden keinen Geſ
genſtand anträfe, den die Abſehen ſchneiden, und
von welchem man die Operationes fortſetzen könnſ
te. Doch dieſes iſt gewiß etwas ſeltenes.

Will man aus zwey bekannten Seiten, und
dem Winkel, den ſie einſchließen, die entgegenſ
ſtehende Seite finden, als zum Exempel in dem
Triangel AOB wäre die Seite AO = 260 und
OB = 250, wie groß AB? ſo verfahre man
alſo: Man giebt dem Inſtrument den Winkel
AOB, das iſt, man viſiret mit dem einen Abſ
ſehen

sehen nach A, mit dem andern nach B, in dieser unverrückten Stellung nimmt man die
meßingne Scala h i Fig. 6. auf   Fig. 6.
deren hintern Seite ein winkelha-
ckenförmiges Stück angeschraubt ist, und setzet
den Anfang ihrer Theilung oder o auf 260 der
Scala des Schenkels A und die nämliche Seite
des Linials h i gegenüber auf 350 des andern
Schenkels B, so wird der Abstand des Punkts von
A bis B, das ist, von 260 bis 250 auf der Scala
des meßingnen Linials 114 abschneiden; wäre also
die Länge der gesuchten Linie AB $=$ 114 Ruthen oder Schuh, vor was man eben die Linien
AO und OB hat gelten lassen.

Wenn aber die gegebnen Seitenlängen größer wären als die Theilung der Scala reichten,
so nimmt man davor die Hälfte, Drittel oder
Viertel ꝛc. an, was sich hernach auf der Scala
des Linials h i ergiebt, muß um so vielmal mul-
tiplicirt werden, als man die erstern Seitenlängen ringer angenommen hat. Hätte man
z. E. obige Längen AO nur vor 130, und OB
nur 125 gelten lassen, so müßte man die auf
der Scala des Linials h i sich ergebende 57 ver-
doppeln, so erhält man wie vorhin die 114.

So

So kann man es auch machen, wenn die Längen = oder Seitenmaaße ſehr klein ſind, als: 10,
20, 30 ꝛc. hier darf man ſie nur doppelt, drey=
oder viermal größer annehmen, und die 3te Seite,
welche auf der Scala des Linials h i ſich ergiebt,
mit 2, 3 oder 4 dividiren, ſo wird die Hälfte, das
Drittel oder Viertel das Maaß der geſuchten drit=
ten Seite des Triangels A O B ſeyn.

Auf gleiche Weiſe kann man auch mit dieſem
Inſtrumente aus dreyen bekannten Seiten zu je=
den ihren Winkel finden. Dieſes iſt mit dem vori=
gen faſt einerley, nur daß man die zwey Schen=
kel A und B nach der Seite, wozu man den
Winkel verlangt, öffnen muß, wo ſodann das
Chordenlinial G das Maaß des Winkels an=
giebt, wenn zuvor der Auxiliarwinkel abzuziehen
nicht vergeſſen worden.

Zum Beyſpiel: in dem nämlichen Triangel
A O B Fig. 4. verlangt man den Winkel O zu
wiſſen; dieſer wird alſo aus den bekannten Sei=
ten A O, O B und A B gefunden. Man öffnet
die beeden Schenkel A und B ſo lange, daß wenn
man o des Linials h i bey der Scala A an 260
anſetzt, auf der Scala A juſt 250 mit 114 über=
eins

eintrifft, so wird auf dem Chordenlinial der Zei‡
ger x 32°, 40′ zeigen; davon den Vorwinkel von
7 Grad abgezogen, giebt vor den Winkel O =
25°, 40′.

Verlangt man in dem nämlichen Triangel
A O B die Perpendicularlinie a B zu wissen, die
von B senkrecht auf die Basis A O fällt, und der
man sich zur Ausrechnung des Triangels A O B
bedienen will, so ist diese mit dem Instrument
geschwind gefunden. Man nimmt das Linial
h i setzt es perpendicular an dem Schenkel A an,
und schiebt es so weit fort, bis die Scala dessel‡
ben Rechts oder Links 250 auf der Scala des
Schenkels B abschneidet; die Scala des Linials
h i wird = 108 ansagen, welches das Maaß
der Perpendicular a B ist. Dieses mag nun von
dem horizontalen Gebrauch, besonders vor solche
Liebhaber die in der practischen Geometrie be‡
wandert sind, genug, wo nicht zu viel gesagt
seyn; will also noch ein und anderes von dem ver‡
tikalen Gebrauche erwähnen.

Zu dem vertikalen Gebrauche richtet man das
Instrument zu, wie es Fig. 2 oder Fig. 5. vorge‡
stellet, und schon Eingangs davon geredet worden.

B   Man

Man läßt anfänglich beede Schenkel A und B
beyſammen, und ſiehet wie zuvor bey dem horizontalen Gebrauche nach, wie viel der Auxiliar-
oder Vorwinkel beträgt, das iſt, was der Zeiger
x auf dem Chordenlinial vor Grade und Minuten zeiget, wenn beede Schenkel genau beyſammen ſind. Dieſen notirt man ſich, und zieht ihn
von dem jemaligen obſervierten Höhenwinkel ab.
Doch muß ich hiebey erinnern, daß es keine Folge
iſt, daß der Auxiliar- oder Vorwinkel der ſich
bey dem horizontalen Gebrauch ergiebt, mit dem-
jenigen bey dem verticalen Stande einerley ſey.
Jener hängt von dem Stand der Fäden der beeden Abſehen E und F ab, dieſer aber von dem
paralleliſmo der Linea fiduciæ und der Baſis.

Derohalben will ich lieber die erſte Stellung
ſo deutlich als möglich beſchreiben. Man ſtellet
das Inſtrument an den Ort ſeiner Beſtimmung
hin, wie es Fig. 2. vorgeſtellet iſt; man läßt
nämlich den Senkel V herunterhängen, daß
ſeine Spitze faſt auf der Oberfläche des Schenkels A ſtreifet; dann ſetzet man auf eben dieſe
Fläche des Schenkels A die Libell T. Mit den
beeden Stellſchrauben R, in dem Querſtück Q,
giebt man dem Inſtrument den wahren vertica-

len Stand, das ist, die Spiße des Senkels V
muß immer auf der Linie o p inne stehen; mit
der Schraube S aber erhält man den horizontalen Stand oder Nievaux, indem man selbige so
lange vor- oder zurückschraubet, bis die Blase der
Libell T, an dem mit einem Diamanten bezeich-
neten Ort stille stehet. Ist dieses so geschehen,
so legt man das Pendulum V und die Libell T
bey Seite, und drückt den Schenkel B herab, wie
Fig. 2. mit blinden Linien angezeigt ist, doch
noch nicht ganz zusammen, sondern indem man
auf denselben nun auch die Libell T aufgesetzt
hat, drückt man den Schenkel B so sanft, bis
die Luftblase auch wieder an ihrem gehörigen Ort
ruhig stehen bleibt. Anjeßo da dieß alles so vor-
genommen worden, siehet man nach, wie viel
Grad und Minuten das Zeigerchen x auf der
Chordenregel weiset. Diese geben nun den Au-
xiliarwinkeln vor den verticalen Stand, welcher
von allen nachher beobachteten Höhenwinkeln abgezogen werden muß. Ohne also ferner etwas
mit den drey Schrauben S R R zu verrücken,
schreitet man zu seinem Vorhaben, und fängt an
die Höhen zumessen, welches sich durch ein einzi-
ges Beyspiel im klaresten machen lässet.

B 2   A B

Fig. 7.   A B Fig. 7. sey ein Thurn und dessen Höhe soll in einer Entfernung von 100, Schuhen, so wie sein Winkel, gleich aus einem Stand bestimmet werden.

Man stelle das Instrument auf ein horizontal liegendes Brett oder Tischgen, welches von dem Thurn A B 100 Schuh weit entfernt ist, also in C; und verfähret in Ansehung des Vertikalenstandes und Prüfung des Auxiliarwinkels genau so, wie ich erst beschrieben habe. Alsdann visiret man durch das mittelste Löchlein des beweglichen Blättlein auf der meßingenen Spiegelkapsel O und dem Absehen N Fig. 2. nach B Fig. 7, so wird die Chorden Scala G den Winkel A C B geben.   Zum Beyspiel 43° netto und der Auxiliar= oder Vorwinkel sey gewesen 6°, 50'; diesen von 43° abgezogen, giebt vor ACB. oder den Höhenwinkel 36°, 10'.

Um aber aus den gefundenen Winkeln die Höhe des Thurn A B nicht erst rechnen zu dürfen, so bedienet man sich hiezu wiederum des Linials h i Fig. 5; man setzet es auf den Schenkel A auf, und schiebet es auf demselben, daß eine der beeden Façen just auf 100 der Scala des

Schen=

Schenkels A zu stehen komme, (welches der Abstand des Instruments vom Thurn ist,) und siehet nach, wie viel Theile die Schärfe der Scala des Schenkels B auf dem Linial h i abschneidet; es seyen z. B. 73 Theile, also wäre die Höhe des Thurn AB, von der Höhe oder dem Stand des Instrumentes angerechnet, 73 Schuh. In dem nämlichen Augenblick erfährt man auch die Hypothenusa dieses Winkels; denn man darf nur sehen wie viel Theile das Linial h i auf der Scala des Schenkels B abschneidet, welches wohl in erst fingiertem Fall 124 seyn werden. Man hat also das Maaß von allen dreyen Seiten und auch zugleich die Winkel, alles practisch und ohne Rechnung gefunden.

Was ich nun hier bey Messung der Höhenwinkel gesaget habe, gilt auch bey der Sonne, wenn man die Mittagshöhe derselben nehmen, oder eine Mittagslinie bestimmen wollte. In diesen Fällen wird das gefärbte Gläsgen P Fig. 2, in den Schenkel B eingesteckt, damit die Augen des Beobachters keinen Schaden leiden.

Will man die Mittagslinie, aus correspondirenden Sonnenhöhen, mit diesem Instrument ver-

zeich-

zeichnen, ſo ſind dabey folgende Handgriffe zu
beobachten. Auf dem Stein oder Brett worauf
man die Mittagslinie ziehen will, macht man in
der Mitte zu äußerſt ein kleines coniſches Löchlein oder Grübchen, in welches man die coniſche
Spitze des Schrauben S einſetzet, als um welche man das ganze Inſtrument in einem Zirkel
herumführen kann. Unterhalb dem Centro oder
Gewerbe des Inſtruments bey C, iſt in einer Charniere ein bewegliches meßingenes Blättlein q befindlich, welches eine kleine eingefeilte Kerbe r
hat, worein man einen Bley- oder Silberſtiften
einſetzen kann. Dieſe Blättlein q läßt man
alſo auf dem Stein oder Brett wo man operiret,
ſtreifen, und iſt in der Kerbe r ein Bley- oder
Silberſtift eingeſetzt, ſo beſchreibet man durch die
Bewegung des Inſtruments ſogleich auf dem
Plano einen Zirkelbogen, der zum notiren der
Beobachtungspunkte dienet, und deſſen Centrum
die Spitze der Schraube S iſt, und pro radio
ungefähr 16 franzöſiſche Zolle hat.

Nun ſtellet man das Inſtrument um 10 oder
10½ Uhr directe gegen die Sonne, (nachdem
man zuvor alles beobachtet hat, was zur Berich-
tigung des verticalen Standes und des Auxiliar-
wins

winkels nöthig ist; letzteres braucht man eben zu
der Mittagslinie nicht, wohl aber wenn man die
Sonnenhöhe genau wissen oder angeben möchte,)
und visiret nach derselben, so daß der Sonnendiscus einige Minuten Zeit von den durchkreuzenden Fäden des Absehen N abstehet. Auf der
Spiegelkapsel O Fig. 2. ist ein Meßingenes bewegliches Blättlein s, welches 3 Löchlein hat, deren
eines bey der Verreibung des Blättleins s allemal mit einem der Kapsel O zutreffen wird, die
in einer Reihe über- oder nacheinander gebohret
sind. Das mittlere Löchlein des Blättleins s
trifft mit dem untersten, das rechter Hand mit
dem mittlern, und das linker Hand mit dem ober-
sten der untern Löchlein der Kapsel überein. Ehe
man aber die Beobachtung anstellet, muß man
einig seyn, welchen Rand der Sonnenscheibe man
an dem Horizontalfaden des Absehen N, allemal
anlaufen lassen will, den obern oder den untern,
und bey dem gewählten muß man die ganze Be-
obachtungszeit hindurch verbleiben. Denn es ist
allemal richtiger wenn man sich des Randes der
Sonnenscheibe bedienet, als wenn man das
Mittel desselben schätzen will, da doch der Son-
nendiameter circa 32 Minuten beträgt. Man
wird also weniger fehlen können, wenn zu dem

ange-

angenommenen Rande der Sonnenscheibe 16 Minuten addiret, oder eben so viel davon abgezogen werden, je nachdem man den obern oder untern Rand gebrauchet hat.

Wenn man zu beobachten anfängt, so stellet man das Blättlein s, daß das mittlere Löchlein desselben mit einem Löchlein der untern Spiegelkapsel O übereintrifft, und lasse einen Rand des Sonnendiscus an dem Horizontalfaden des Absehen N anlaufen. Sobald diese Berührung geschehen, macht man auf dem Stein oder Brett worauf das Instrument stehet, bey der Kerbe r des Blättleins q mit einer Nadel oder Bleystift einen Punkt. Hernach rücket man das Blättlein s, daß das Löchlein rechter Hand mit einem der Spiegelkapsel übertrifft, und führet das Instrument um sein Centrum oder Schraubenspitze S immer der Sonne nach, und wartet bis der nämliche Rand wiederum den Horizontalfaden des Absehen N berühret; nun macht man bey der Kerbe r abermal auf dem Zirkelbogen einen Punkt. Zuletzt nimmt man das dritte Löchlein des Blättleins s, und passet bis eben der Rand der Sonne an dem Faden anläuft, diese Berührung verschafft auf dem Plano den 3ten Punkt des

Zir

Zirkelbogens, und zwar alles noch bey unverrück-
tem Stand oder Elevation des Schenkels B, welcher gleich bey der ersten Berührung der Sonnenscheibe mit der Schraube n an die Chordenregel
arretiret wird.

Sobald nun die Sonne den Meridian paſ-
ſiret hat, ſo paſſet man wiederum auf, und die
letzte vormittägige Berührung wird nun die erſte
nachmittägige, ſo daß man bey den übereinſtim-
menden Sonnenhöhen nachmittag die Verwechs-
lung der Löchlein des Blättleins s zurück macht.
Die correſpondirende nachmittägigen Punkte werden wie die vormittägigen bey der Kerbe r angemerkt; der Abſtand von zwey ſolchen Punkten
die aus einerley Sonnenhöhe entſtanden, werden
biſectirt, und die Linie welche durch alle Biſe-
ctionspunkte, und das Grübchen worinne die
Spitze der Schraube S geſtanden, gezogen wird,
iſt die Meridianlinie.   In der Beſchreibung
meines neuen Sonnenquadranten die ich der Beſchreibung des magnetiſchen Declinatorii und
Inclinatorii angehängt habe, findet man dieſes
Verfahren noch umſtändlicher beſchrieben.

In Anſehung der Sonnenhöhe habe ich zu
erinnern, daß wenn man dieſe wiſſen will, man

sich keines andern Löchleins, als des mittlern des
Blättleins s bedienen darf; wenn man durch
dieses eine Berührung des Fadens von der Sonnenscheibe beobachtet hat, so giebt allemal vor eben
diesen Augenblick das Zeigerchen x die Sonnenhöhe in Graden und Minuten auf der Chordenregel an, wozu man noch 16 Minuten addiret,
wenn man den untern Rand gewählet, und eben
so viel abzieht, wenn man sich des obern bedienet
hat.   Wollte man des Nachts den Mond oder
die Sterne observiren, so müssen ganz natürlich zu
erst die Fäden des Absehen N beleuchtet werden,
damit man sie in dem Spiegel der Kapsel O zu sehen bekömmt. Hier wird aber immer, wie in nach-
folgenden Fällen das mittelste Löchlein des Blätt-
chens s der Spiegelkapsel O gebraucht.

Das Stück oder Zusatz f g Fig. 5. wird hier
bey Winkeln, die sich immer mehr dem Zenith
nähern, gute Dienste thun. Wie viel sein Winkel beträgt, der hernach allemal zu dem was das
Zeigerchen x auf der Chordenregel G angiebt,
noch addiret werden muß, schreibe oder ritze ich
jederzeit darauf.   Und wer sich desselben noch
mehr versichern will, mag den Werth desselben
nachprüfen, welches bald geschehen ist, wenn man
einen

einen schon bekannten Horizontal- oder Höhenwinkel damit nochmals misset.   Man nehme
z. B. den Winkel A C B Fig. 4. dieser ist 36°,
10', indem der Zusatz f g Fig. 5. angeschraubet
ist, und siehet auf der Chordenregel nach, was das
Zeigerchen x abschneidet.   Es stünde just auf
10°, 50', diese von dem bekannten Winkel
A C B abgezogen, giebt vor den Werth den der
Winkel des Zusatzes f g austrägt 25°, 20', welcher allemal zu der Zahl den bey Höhenwinkeln
das Zeigerchen x auf der Chordenregel anzeigt,
noch addiret werden muß.

Da ich in dem Vorberichte schon gesagt habe,
daß sich das Instrument auf Reisen sehr bequem
mit führen, und viele vergnügte Beobachtungen
in der Geschwindigkeit damit anstellen lassen, so
will ich doch noch ein paar Beyspiele anhängen,
wie man an einem Ort, dessen Pol- oder Aequa-
torhöhe noch nicht bekannt ist, dieselbe mit einer
dem Instrument proportionalen Genauheit, leicht
erfahren und bestimmen kann.

Zum Beyspiel, ich wollte die Aequator- oder
Polhöhe von Augsburg gerne wissen, und durch
dieses Instrument bestimmen, heute als den 15
Merz,

Merz, so observire ich Mittags die größte Sonnenhöhe; diese hätte sich auf der Chordenregel G ergeben = 39°, 59'. Alsdann suche ich die Declination der Sonne vor den Mittag des 15 Merz, in den Ephemeriden oder in einem Kalender auf; sie sey 1°, 47' Südlich. Nun gehet man mit diesen Bekanntnissen also zu Werke.

Observirte Sonnenhöhe = 39°, 49'

addirt die Decl. Solis

    den 15 Merz.   = 1°, 47'

                      41°, 36' Elev. Aequ. von Augsb.

diese 41°, 36' von 90° abgezogen, giebt Elevatio Poli vor Augsburg = 48°, 24'.

Oder:

Man beobachtete die größte Sonnenhöhe hier zu Augsburg den 15 Jul. Mittags, und sie hätte sich auf der Chordenregel ergeben 63°, 3'; die Declinatio Solis aber, vor den Mittag dieses Tages war 21°, 27' Nördlich; so verfähret man damit also:

observirte ☉ Höhe = 63°, 3'

subtr. die Decl. ☉ is   21°, 27'

                    41°, 36' Elev. Equat. von Augsburg.

Dies

Dieſes iſt nun alles was ich in Kürze von dieſem Inſtrument und ſeinem Gebruche habe anzeigen wollen; ich hoffe, daß ich mich in allem ſo deutlich gemacht habe, daß wenn jemand ein dergleichen Werkzeug von mir bekömmt, nicht viel mehrere Auskunft darüber verlangt werden ſollte.　　—

Kurze Beschreibung
eines
Systems von Maaßstäben
zu Zeichnungen.

§. 1.

Es ist eine an sich offenbare Sache, daß wenn man viele Grundrisse, Standrisse, Maschinen, Instrumente, krumme Linien, rc. zu zeichnen, oder auch Aufgaben durch Constructionen aufzulösen hat, man sich mit einem einigen Maaßstabe nicht begnügen kann. Will man aber, wie es gewöhnlich geschieht, zu jeder Zeichnung einen eigenen Maaßstab machen, so hat man oft so viel und mehr Zeit auf den Maaßstab zu verwenden, als auf die Figur selbst, zumal wenn der Maaßstab durch Transversallinien in kleinere Theile getheilt werden soll.

§. 2. Man ist daher schon auf verschiedene Mittel verfallen, so viele Arbeit unnöthig zu machen. Bey Erfindung des Proportionalzirkels

ergab

ergab ſich von ſelbſt, daß derſelbe ſtatt eines allgemeinen Maaßſtabes dienen konnte. Nur gieng dabey die Genauigkeit nicht ſo weit, als zu wünſchen war, weil ſich der Gebrauch davon auf ganze Zahlen einſchränket, und hingegen die Brüche oder Decimaltheile nicht ſo ſcharf als man es verlangt, davon abgetragen werden können. Sodann muß der Proportionalzirkel immer wieder und zwar genau gleich viel geöffnet werden, wenn man eben den Maaßſtab wieder haben will. Dieſes geht allemal beſſer, wenn man Maaßſtäbe hat, die ſo wie ſie ſind bleiben, und die man immer wieder gebrauchen kann.

§. 3. Die Verſchiedenheit der Maaßſtäbe bey Zeichnungen richtet ſich überhaupt theils nach der Größe des Papiers, theils nach der Kleinheit der Theile, die man in der Figur noch will unterſcheiden können. Man habe z. B. ein Feld in Grund zu legen, deſſen größte Länge von 1000 Ruthen iſt. Dieſes ſoll auf einen Bogen Papier gezeichnet werden; ſo iſt offenbar, daß man einen Maaßſtab dazu haben muß, worauf die Länge von 1000 Theilen nicht größer als die Länge des Bogens iſt. Der Maaßſtab ſoll aber auch nicht viel kleiner ſeyn, weil ſonſt die Figur

. viel

viel kleiner werden würde, als es das Papier zu=
läßt.   Sollte hingegen eben das Feld auf ein
Quartblatt gezeichnet werden, so müßte man ei=
nen Maaßstab haben, der beyläufig 4mal kleiner
ist,   oder worauf 1000 Theile die Länge des
Quartblatt nicht überschreiten, aber auch nicht
viel zu kurz bleiben.   Man sieht also überhaupt,
daß wenn man weder zu wenig noch zu überflüßig
viele Maaßstäbe haben will,   man folgende Be=
dingungen zum Grunde legen müsse.

1. Kann jeder Maaßstab statt eines 10, 100,
   1000 ꝛc. fach größern oder kleinern ge=
   braucht werden, wenn man einen Theil für
   10, 100, 1000 ꝛc. oder hinwiederum 10,
   100, 1000 ꝛc. Theile für einen Theil gelten
   läßt.

2. Will man demnach Maaßstäbe haben,
   die der Ordnung nach und stuffenweise grö=
   ßere Theile haben, so ist es genug, in dieser
   Vergrößerung bis zum 10fachen fortzu=
   schreiten.

3. Soll jeder Maaßstab höchstens nur um $\frac{1}{4}$
   größer seyn, als der nächst kleinere, oder zu
   diesem kein stärkeres Verhältniß als 5 zu 4
   haben.

§. 4.

§. 4. Dieſer letztern Bedingung hat man auf verſchiedene Arten geſucht Genüge zu leiſten. Was ſich am leichteſten anzubieten ſchien, war, daß man die Maaßſtäbe 1, 2, 3, 4, 5, 6, 7, 8, 9mal größer machen wollte. Allein dabey wurde der 2te Maaßſtab doppelt größer als der erſte. Und dieſes hatte den Erfolg, daß eine Figur, die nach dem 2ten Maaſtab etwas weniges größer als das Papier würde, nach dem erſten kaum über die Hälfte deſſelben ausfüllte, und damit allzuklein ausfiel. Man ſieht alſo leicht, daß zwiſchen dem erſten und zweyten noch wenigſtens 2 andere Maaßſtäbe ſeyn müſſen.

§. 5. In England hat man die Einrichtung ſo zu treffen geſucht, daß bey den Maaßſtäben der Ordnung nach die Länge von 10, 12, 13, 14 ꝛc. Zolle in 1000 Theile getheilt wurden. Und ſo gebrauchte es 10 Maaßſtäbe, ehe der letzte doppelt größer wurde als der erſte, und 90 Maaßſtäbe, ehe man zum 10fach größern kam.

§. 6. Etwas beſſer iſt der Churmärkiſche Kammermaaßſtab eingerichtet. Es ſind deren 8. Und dabey wird $\frac{1}{100}$ Theil einer 12füßigen Ruthe in 250, 300, 333$\frac{1}{3}$, 400, 450, 500, 600, 666$\frac{2}{3}$

C   Theile

Theile getheilt. Diese Zahlen sind in Verhältniß der Zahlen 15, 18, 20, 24, 27, 30, 36,
40, und die Verhältnisse sind $\frac{5}{6}$, $\frac{2}{10}$, $\frac{5}{6}$, $\frac{8}{9}$, $\frac{2}{10}$, $\frac{5}{6}$
$\frac{2}{10}$. Demnach werden die Maaßstäbe um $\frac{1}{5}$ oder
$\frac{1}{8}$ oder $\frac{1}{9}$ größer, oder um $\frac{1}{6}$, $\frac{1}{9}$, $\frac{1}{10}$ kleiner. Und
über dieß reichen sie nicht nur nicht bis aufs zehnfa-
che, sondern nicht einmal bis aufs dreyfache, und
die Verhältnisse sind merklich ungleich.

§. 7. Diesem doppelten Mangel würde noch
so ziemlich können abgeholfen werden, wenn man
die Maaßstäbe nach den harmonischen Zahlen
16, 20, 25, 32, 40, 50, 64, 80, 100, 128,
160, 200, 250 rc. wollte anwachsen lassen, so
daß sie meistens in Verhältniß von 4 zu 5, und
nur drey in Verhältniß von 25 zu 32 größer
würden. Auf diese Art würde man mit 10
Maaßstäben können zufrieden seyn, weil der 11te
anfängt 10mal größer als der erste zu werden.

§. 8. Es ist aber besser und regulärer, wenn
man die Verhältnisse durchaus gleich macht; und
in dieser Absicht können wir bey 10 Maaßstäben
bleiben. Die Bestimmung ihrer Größe kömmt
darauf an, daß wir zwischen 1 und 10, 10 mittlere geometrische Proportionalgrößen finden.
Man

Man setze jeder Maaßstab soll sich zum nächst größern wie 1 zu m verhalten. Wenn demnach die Größe der Theile auf dem ersten $= 1$ ist, so ist sie auf dem 2ten $= m$, auf dem dritten $= m^2$, auf dem 4ten $= m^3$ ꝛc. endlich auf dem 11ten $= m^{10}$. Nun soll dieser 11te Maaßstab 10mal größer als der erste seyn. Demnach ist

$$m^{10} = 10$$

folglich

$$10 \; \log. \; m = \log. \; 10$$
$$\log. \; m = \tfrac{1}{10} \log. \; 10$$
$$\log. \; m^2 = \tfrac{2}{10} \log. \; 10$$
$$\log. \; m^3 = \tfrac{3}{10} \log. \; 10$$
$$\log. \; m^4 = \tfrac{4}{10} \log. \; 10$$
$$\&c.$$

Nun ist in den Tafeln

$$\log. \; 10 = 1,0000000$$

demnach

$$\tfrac{1}{10}\log.10 = 0,1000000 \quad \text{folglich} \quad m = 1,257925$$
$$\tfrac{2}{10}\log.10 = 0,2000000 \quad m^2 = 1,584893$$
$$\tfrac{3}{10}\log.10 = 0,3000000 \quad m^3 = 1,995262$$
$$\tfrac{4}{10}\log.10 = 0,4000000 \quad m^4 = 2,511886$$
$$\tfrac{5}{10}\log.10 = 0,5000000 \quad m^5 = 3,162278$$
$$\tfrac{6}{10}\log.10 = 0,6000000 \quad m^6 = 3,980072$$
$$\tfrac{7}{10}\log.10 = 0,7000000 \quad m^7 = 5,011872$$
$$\tfrac{8}{10}\log.10 = 0,8000000 \quad m^8 = 6,309574$$
$$\tfrac{9}{10}\log.10 = 0,9000000 \quad m^9 = 7,943284$$

Wenn

Wenn demnach auf dem erſten Maaßſtabe 100 Linien eines Pariſer Fußes, jede noch in 10 Theile getheilt, genommen werden; ſo ſind dieſes 1000 Theile. Solcher Theile werden für den 2ten Maaßſtab 1257,925, für den 3ten 1584,893, für den 4ten 1995,262, für den 5ten 2511,886, für den 6ten 3162,278, für den 7ten 3980,072, für den 8ten 5011,872, für den 9ten 6309,574 und für den 10ten 7943,284 genommen, und in 1000 Theile getheilt.

§. 9. Dieſe Zahlen laſſen ſich der Ordnung nach ſehr genau durch die Brüche

$$\frac{1}{1}, \frac{39}{31}, \frac{84}{53}, \frac{421}{211}, \frac{211}{84}, \frac{117}{37}, \frac{199}{50}, \frac{421}{84}, \frac{265}{42}, \frac{421}{53}$$

ausdrücken. Denn es iſt

$\frac{39}{31} = 1{,}25807$, demnach nur um 0,00015 zu groß.

$\frac{84}{53} = 1{,}58490$, demnach nur um 0,00001 zu groß.

$\frac{421}{211} = 1{,}995261$, nur um 0,000001 zu klein.

$\frac{211}{84} = 2{,}511905$, nur um 0,000019 zu groß.

$\frac{117}{37} = 3{,}162162$, nur um 0,000116 zu klein.

$\frac{199}{50} = 3{,}980000$, nur um 0,000072 zu klein.

$\frac{421}{84} = 5{,}011905$, nur um 0,000033 zu groß.

$\frac{265}{42} = 6{,}309524$, nur um 0,000050 zu klein.

$\frac{421}{53} = 7{,}943396$, nur um 0,000112 zu groß.

§. 10.

§. 10. Da nun dieſe Unterſchiede auf ei=
nem Maaßſtabe, wenn auch derſelbe über einen
Fuß lang iſt, unmerklich ſind; ſo geben dieſe
Brüche die Verhältniſſe ſehr genau an, welche
die Maaßſtäbe unter ſich haben. Es verhält
ſich demnach jeder Maaßſtab zum nächſtgrößern
oder der n^{te} zum $(n + 1)^{ten}$ wie 31 zu 39.
Eben ſo der n^{te} zum $(n + 2)^{ten}$ wie 53 zu 84.
der n^{te} zum $(n + 3)^{ten}$ wie 211 zu 421.
der n^{te} zum $(n + 4)^{ten}$ wie 84 zu 211.
der n^{te} zum $(n + 5)^{ten}$ wie 37 zu 117.
der n^{te} zum $(n + 6)^{ten}$ wie 50 zu 199.
der n^{te} zum $(n + 7)^{ten}$ wie 84 zu 421.
der n^{te} zum $(n + 8)^{ten}$ wie 42 zu 265.
der n^{te} zum $(n + 9)^{ten}$ wie 53 zu 421.

§. 11. Das Syſtem dieſer Maaßſtäbe iſt
nach den Zahlen des §. 8. in der
1ten Fig. vorgeſtellet, und zu dem   **Fig. 1.**
erſten habe ich Linien des Pariſer=
fußes genommen. Die nächſte Veranlaſſung
dazu habe ich aus des berühmten Herrn Pro=
feſſor Lamberts in Berlin Beyträgen zur Ma=
thematik und zwar aus dem zweyten Theil
derſelben S. 173. 174. genommen, wo dieſer
Maaßſtäbe ganz kurz Erwähnung geſchehen,

C 3   auch

auch der Gebrauch derſelben überhaupt ange=
zeigt worden. Da mir aber dieſes noch nicht
hinlänglich war, um ſolche mit einem glückli=
chen Erfolge ins Werk ſetzen zu können, ſo hat
ſich derſelbe auf meine Bitte, nach ſeiner be=
kannten Gütigkeit gegen mich, die ich auch hier
öffentlich mit vielem Dank erkenne, gar gerne
gefallen laſſen, mich mit ſeinem guten Rath
und weiteren Erklärung ſeiner Gedanken zu un=
terſtützen, und mich in den Stand zu ſetzen, an
der Verfertigung derſelben ohne Anſtand fort=
arbeiten zu können. Weil aber vielen Liebha=
bern mit einer kurzen Anzeige ihres Gebrauchs
nicht ſehr gedienet ſeyn möchte, ſo werde ich
dieſen etwas umſtändlicher anzeigen, und dazu
den übrigen Raum des Kupferblatts widmen.

§. 12. Man ſetze alſo z. E. es ſollte auf
dem Blatte unter den Maaßſtäben die Façade
eines Gebäudes gezeichnet werden, deſſen Höhe
60 Fuß ſey, und die Zeichnung ſoll
Fig. 2. den Raum des Papiers ſo ziemlich
ausfüllen, ſo fragt ſich, welchen
Maaßſtab man dazu gebrauchen ſoll. Man
faſſe mit dem Zirkel die Oeffnung AB, und tra=
ge ſie auf die Maaßſtäbe; ſo wird ſich leicht
finden,

finden, daß man den 9ten Maaßstab gebrau=
chen müſſe. Denn AB giebt auf dieſem Maaß=
ſtabe 63 Theile, welches nur um $\frac{1}{20}$ Theil zu
viel iſt. Die Zeichnung wird demnach, wenn
man ſie nach dem Maaßſtabe No. 9. vornimmt,
nur um $\frac{1}{20}$ kleiner, als es das Papier zuläßt.
Und da dieſes eine Kleinigkeit iſt, ſo wird man
natürlicher Weiſe immer lieber einen bereits fer=
tigen Maaßſtab gebrauchen, als einen neuen zu
verfertigen.

§. 13. Man ſetze hinwiederum AB ſolle die
Höhe einer Säule von 28 Model, allenfalls
nicht viel größer ſeyn; ſo wird man wiederum
finden, daß AB auf dem 2ten Maaßſtabe 31,4
Theile abſchneidet, und demnach dieſer Maaß=
ſtab am füglichſten dazu gebraucht werden kann.
Wäre hingegen die Höhe nur von 24 Model,
ſo würde der Maaßſtab No. 3. gebraucht wer=
den können, weil AB auf demſelben 25,1 Thei=
le abſchneidet.

§. 14. Auf den Punkt A der   Fig. 3.
Linie AB ſoll ein Winkel CAB von
16°, 34′ gezeichnet werden. Man halbiere erſt=
lich dieſen Winkel. Die Hälfte iſt 8°, 17′, der
Sinus dieſes Bogens $=$ 0,14407 wird die

       Chor=

Chorde des Bogens BC ſeyn, wenn man den Halbmeſſer AB = 0,50000 ſetzt. Dieſes iſt nun in der Figur nach dem 10ten Maaßſtabe geſche= hen. Denn auf dieſem Maaßſtabe ſchneidet AB 5 und die Chorde BC 1,4407 ab. In allen ähnlichen Fällen wird immer derjenige Maaßſtab genommen, worauf 5 oder 50 Theile ſo groß ſind, als es das Papier zuläßt. Und dieſes geſchieht, damit man die Chorde deſto genauer beſtimmen kann. Ich habe eben da= her, weil es die Länge der Linien ABC zuließ, ·den 10ten Maaßſtab gebraucht. Wäre der Raum um ¼ größer geweſen, ſo würde ich den erſten Maaßſtab gebraucht haben.

§. 15. Wir wollen noch einen Triangel con= ſtruiren, deſſen Seiten 44,117,125 ſeyn ſollen. Dieſe Zahlen geben einen rechtwinklichten Triangel. Sollte derſelbe nun ſo groß werden, als es der von den 3 erſten Figuren leer gelaſ= ſene Raum des Papiers zuläßt, ſo würde der längere Cathetus unten auf dem Blatt gelegt werden, und der 8te Maaßſtab würde dazu ganz gut ſeyn. Wir wollen aber den Raum noch zu einigen andern Figuren ſparen, und demnach den längern Cathetus aufrecht ſtellen, dabey
. aber

aber dennoch demſelben die ganze Höhe geben, die das Papier zuläßt. Dazu muß nun der 6te Maaßſtab gebraucht werden, denn auf dem 7ten würden 117 Theile oder 11,7 zu groß ſeyn, bey dem 6ten aber geht es ganz gut. Denn nach demſelben erhält man den Triangel Fig. 4. ABC, deſſen Seiten 44, 117, 125 ſind.

§. 16. Sollte nun der Winkel ACB gemeſſen werden, ſo würde man von dem 9ten Maaßſtabe 5,0 Theile nehmen, und damit aus C der Bogen DE beſchrieben. Die Chorde dieſes Bogens würde dann auf eben dem Maaßſtabe 1,79 Theile geben. Und in den Tafeln würde man für den Sinus 0,179 den Bogen 10°, 19′ finden, deſſen doppeltes 20°, 38′ ſeyn würde. Die Rechnung giebt, 20°, 36$\frac{1}{2}$, demnach nur 1$\frac{1}{2}$ Minuten mehr. Es iſt für ſich klar, daß man mit dem gemeinen Transporteur, wo man die Minuten nach dem Augenmaaße ſchätzen muß, den Winkel ACB ſchwerlich bis auf 1$\frac{1}{2}$ Minute würde haben beſtimmen können.

§. 17. Aus dieſen Beyſpielen ſieht man überhaupt, wie es ſehr bequem iſt, daß man unter den 10 Maaßſtäben gerade denjenigen

wäh-

wählen kann, der die Figur so man zeichnen will, weder zu groß noch zu klein macht, sondern derselben die verlangte Größe giebt, so daß sie niemal um ⅓ Theil kleiner wird, als man es verlangt, oder der Raum es zuläßt.

§. 18. Es giebt aber über dieß noch Fälle, wo sich diese Bequemlichkeit verdoppelt. Diese eräugnen sich am häufigsten, wo krumme Linien zu zeichnen vorkommen, deren Ordinaten und Abcissen in Zahlen gegeben sind. Da geschieht es sehr oft, daß die Ordinaten nach einem andern Maaßstabe müssen gezeichnet werden als die Abscissen.

§. 19. Um hievon einige Beyspiele zu geben, wollen wir aus Doppelmayers Wetterbeobachtung, so derselbe von 1732 bis 1742 zu Nürnberg angestellt hat, die aus denselben gezogene mittlere Grade des Thermometers hersetzen. Diese sind für jede Monate.

Jenner	—	23,6	Heumonat	+	36,9
Hornung	—	17,4	August	+	33,6
Merz	—	6,6	Herbstmonat	+	26,0
April	+	5,4	Weinmonat	+	8,5
May	+	19,2	Wintermonat	—	11,3
Brachmonat	+	29,4	Christmonat.	—	20,7

Diese

Diese Zahlen sollen die Ordinaten einer krummen Linie seyn, deren Abscissen die Monate des Jahrs vorstellen. Wir wollen hiezu noch die Hälfte des übrigen Raumes auf dem Papier anwenden. Wollten wir nun Fig. 5. die Länge OA nur in 12 Monate vertheilen, so würde der 7te Maaßstab ganz recht dazu seyn. Es ist aber besser, daß wir wenigstens 18 Monate auf die Abscissenlinie bringen, um die Wendung der krummen Linie besser vorstellen zu können. Dazu wird aber der 5te Maaßstab müssen gebraucht werden. Dieser sey demnach den Abscissen gewidmet. Die Ordinaten gehen von — 23,6 bis auf + 36,9 demnach begreifen sie in allem 23,6 + 36,9, = 60,5 Grade. Solle nun nur die halbe Höhe des übrigen Raumes dazu gebraucht werden, so müssen wir den 6ten Maaßstab gebrauchen. Nach diesem sind auch wirklich die Ordinaten aufgetragen, und durch deren Endpunkte die krumme Linie gezogen, welche demnach die mittlere Wärme zu Nürnberg durch das ganze Jahr vorstellet. Den Abscissen sind die Anfangsbuchstaben der Monate beygeschrieben, und die Ordinaten müssen von der Mitte eines jeden Monats verstanden werden.

§. 20.

§. 20. Ein anderes Beyspiel mag nun noch folgendes seyn. Kepler hat den mittlern Abstand der Planeten von der Sonne aus Beobachtungen bestimmt, indem er den mittlern Abstand der Erde von der Sonne $=$ 100000 setzte. Wir wollen sie hersetzen, und zugleich die Umlaufszeiten in Stunden gerechnet beyfügen.

Abstand.	Umlaufszeit.
♄ 951000	258223
♃ 519650	103980
♂ 152350	16487
♁ 100000	8766
♀ 72400	5393
☿ 38806	2111

Man sieht hieraus ohne Mühe, daß die Umlaufszeiten zugleich mit dem Abstand, wiewohl erstere viel schneller kleiner werden. Ob dieses nach einem ordentlichen Gesetze geschehe oder nicht, das wird sich leicht mittelst einer Construction zeigen. Die Distanzen sollen Abscissen, die Umlaufszeiten aber Ordinaten seyn, und der noch übrige Raum des Papiers soll zu dieser Construction angewandt werden. Da nun die Abscissen bis auf 9,51 reichen,

Fig. 6.　　so wird der 8te Maaßstab erfordert, und nach diesem sind die Distanzen aufge-

aufgetragen, und die Zeichen der Planeten bey=
geſchrieben. Die Ordinaten gehen bis auf
2,58223, und ſo muß der 10te Maaßſtab ge=
braucht werden. Nach dieſem ſind demnach
die Umlaufszeiten durch ♄ S, ♃ J, ♂ MI, &c.
vorgeſtellt. Da ſich nun durch die Endpunkte
☉, M, V, T, M, J, S, eine ſehr einförmige
krumme Linie ziehen läßt; ſo folgt daraus, daß
in der That bey den Planeten ihr Abſtand von
der Sonne zu ihren Umlaufszeiten ein beſtimm=
tes Verhältniß habe. Es könnte nun ferner
leicht gefunden werden, welche Curua parabo-
lici generis die krumme Linie ☉ J S iſt, wenn
nicht Kepler, wiewohl nach unzähligen vergeb=
lichen Bemühungen, längſt ſchon gefunden hät=
te, daß die Quadrate der Ordinaten oder Um=
laufszeiten den Cubis der Abſciſſen oder Di=
ſtanzen proportional ſind. Indeſſen kann man
noch anmerken, daß da die krumme Linie ☉
J S zwiſchen ☉ und ♂ der Abſciſſe ſehr nahe
iſt, und daher die Ordinaten ſehr klein ausfal=
len, man ſie leicht vergrößern kann. Dieſes
iſt nach dem 9ten Maaßſtabe geſchehen,
und ſo ſtellt ☉ m den anfänglichen Theil eben der
krummen Linien, aber mit vergrößerten Ordinaten,
und zugleich ihre Krümmung deutlicher vor.

§. 21.

§. 21. Von dieſen Maaßſtäben ſind bey mir
zweyerley Arten zu haben. Die eine Art derſelben iſt auf Meßing, in der Geſtalt eines
Parallellogrammi, 2 Zoll breit und ungefähr
13 franzöſiſche Zoll lang. Auf demſelben findet man alle dieſe oben beſchriebene 10 Maaßſtäbe verzeichnet, wiewohl auch, wenn Liebhaber nur die halbe Länge verlangen ſollten, ihnen damit gedienet werden könnte. Bey der
andern Art aber ſind eben dieſe Maaßſtäbe auf
dicken Platten von Spiegelglas, die eben ſolche Geſtalt wie die von Meßing haben, mit einem Diamant ſcharf eingeſchnitten, und die
Striche der Theilung mit geriebenem Metall
eingelaſſen worden. Damit aber die Theilung
ſelbſt recht ſcharf und deutlich in das Auge fal-
le, und geſehen werden möge, ſo hat die un-
tere Fläche einen ſchwarzen Grund bekommen,
das Glas ſelbſt aber iſt mit einer ſaubern Faſ-
ſung von Holz verſehen worden, damit es vor
aller Gefahr zu zerbrechen geſichert ſeyn möchte.

§. 22. Die Theilung dieſer Maaßſtäbe iſt
bey der einen ſowohl, als bey der andern Art,
nicht mit Punkten, wie bey Fig. 1. zu ſehen,
ſondern mit Strichen geſchehen. Die Einthei-
lungs-

lungsstriche selbst aber, besonders die auf dem
Glase, sind sehr zart, doch zugleich sehr sichtbar, und auch so tief eingeschnitten, daß sie,
wenn man einen scharfen und wohl zugespitzten
Zirkel einsetzet, noch wohl fühlbar sind.

§. 23. Zu dem ersten Maaßstabe habe ich
französische Linien und Scrupel angenommen,
das ist 8 Zoll und 4 Linien = 100''' = 1000'''',
ob dieses übrigens gleich sehr willkührlich ist.
Es ist also diese Scala der Länge nach von
Linien zu Linien vertheilet, von welchen die erste noch in 10 Theile durch Striche eingetheilt
ist. Weil aber die folgende in der Verhältniß
§. 8. immer größer werden und wachsen, so ist
zwar No. 2, 3 und 4 mit dieser gleichförmig,
hingegen ist bey No. 5, 6 und 7 jedes Zehendtheilchen noch halbiert, bey No. 8, 9 und 10
aber noch in 5 Theile getheilt worden, so daß
die erste Linie dieser drey letzteren Maaßstäbe
eigentlich 50 Theile enthält.

§. 24. Wenn nun jeder Scrupel oder jedes
Zehendtheilchen von einer Linie durch alle 10
Maaßstäbe als ein Zehendtheilgen angesehen
wird, so werden bey allen zehen Maaßstäben
100 Linien 1000 Theile geben. Würde man
aber

aber bey No. 1, 2, 3 und 4 ein solches Tau-
sendtheilchen oder Scrupel (wie ich es nennen
will) für zehen: bey No. 5, 6 und 7 jedes
halbe für 5 und bey No. 8, 9 und 10 jedes $\frac{1}{5}$
für zwey gelten lassen oder zählen; welches vermittelst eines guten Vergrößerungsglases noch
gar wohl geschätzet werden kann, und einem
geübten Auge gar nicht schwer fällt; so wird
man noch durch alle zehen Maaßstäbe für 100
Linien 10,000 Theile erhalten. Denn auf den
Maaßstäben soll alles, so viel als möglich,
decimal seyn.

§. 25. Diese zweyte Art der Maaßstäbe,
die auf Glas verzeichnet sind, haben außer ihrer Reinlichkeit und Beständigkeit vieles vor
allen andern, die auf einer andern Materie sich
befinden, voraus. Denn man erhält bey denselben nicht nur ein vollkommenes Planum, daß
nicht so leicht wie eine jede andere Materie einer Veränderung unterworfen ist, sondern sie
werden auch nicht so leicht mit den scharfen Zir-
kelspitzen verstochen, welches allerdings ein gro-
ßer Vortheil ist, indem es nicht selten geschie-
het, wenn man einen Maaßstab beständig gebraucht, und keine leichte Hand in Führung
und in dem Gebrauche des Zirkels hat, die
ohne-

ohnehin ſo zarte Theilungsſtriche gar leicht ver-
unſtaltet, oder gar unkennbar gemacht werden.
Bey dieſer Gelegenheit muß ich auch erinnern,
daß man ſich bey dieſen ſowohl, als allen andern ſcharfen Maaß- oder Theilnehmungen,
inſonderheit bey Aus- oder Eintheilungen ꝛc. kei-
ner andern, als der Stangenzirkel, deren Spitzen das Maaß ſenkrecht faſſen, bedienen ſolle.
Ich werde zu ſeiner Zeit, wo mir Gott Leben
und Kräfte ſchenket, wenn ich die Beſchreibung meines neu erfundenen Nonius, wodurch
der Pied de Roi in 14,400 ſich vertheilet,
herausgeben werde, auch zugleich ſolche Stangenzirkel, deren ich mich ſelbſt zu den allerſchärf-
ſten und richtigſten Eintheilungen bediene, und
die zu dieſem Ende mit zarten Schrauben und
einer Feder verſehen ſind, etwas genauer anzeigen und beſchreiben.

Auch ſind dieſe Maaßſtäbe, ſo wie andere
Gattungen, ſehr bequem zu gebrauchen, wenn ſie
auf dreyeckigte Priſmata getheilet ſind, entwe-
der ganz von Holz oder mit Meßing fourniret;
denn man kann die ſcharfen Spitzen der Winkel auch ſcharf an eine Linie anſetzen, und ſowohl nach ſelbigen meſſen oder Maaße davon
abtragen ohne einen Zirkel, mit jeder feinen

D   Pun-

Punktirnadel. Diese prismatische Maaßstäbe sind auch schon von einigen meiner Gönner mit vielem Vergnügen aufgenommen worden.

Ich könnte hier nun abbrechen und schließen, da aber die vor einiger Zeit den Lambertischen Anmerkungen der Branderischen Glasmikrometer von mir noch beygefügte, und hinten angehängte Anzeige einiger neuen von mir verfertigten Instrumente nicht nur vielen Beyfall erhalten, sondern ich auch von einigen Liebhabern derselben ersucht worden bin, dergleichen Anzeigen von Zeit zu Zeit zu machen; so bediene ich mich um desto williger dieser Gelegenheit, hier abermals von einigen seitdem und besonders in diesem Jahre zu Stand gekommenen Instrumenten, die einige Aufmerksamkeit verdienen, oder jetzt wirklich vorhanden und fertig sind, Nachricht zu geben, und dem Verlangen meiner Freunde und Gönner dadurch ein Genüge zu thun. Es sind aber folgende:

Ver-

Verzeichniß
von
Instrumenten,
zur
praktischen Geometrie, Astronomie
und Naturlehre,

welche in dem Branderischen Laboratorio aus-
gefertigt werden, als auch fertig zu
haben sind.

1. Mathematische Bestecke, oder sogenannte Reißzeuge, von verschiedenem In-
halte und eben so verschiedenen Preisen.

2. Einzle Stücke aus denselben, wenn sie zu
halben oder ganzen Duzend bestellt werden.

3. Transporteurs von gewöhnlicher Form auf
Meßing und engl. Huf.

4. Dergleichen in Form eines Parallelogram
nach englischer Art, sowohl auf Meßing als
englischen Huf.

5. Transporteurs, Lambertische, in Form eines rechtwinklichten Triangels, auf Meß-
sing, englisch Huf und Glas.

6. Tausendtheiligte oder verjüngte Maaßstäbe,
nach anzugebenden selbst beliebigen Schuh-
maaßen, zu ganz- und halben Schuhen auf
Meßing.

D 2   7. Der-

7. Dergleichen auf Glas.

* 8. Ein System von Maaßstäben auf Meßing, zu ganz- und halben Schuhen lang.

9. Dergleichen auf Glas.

10. Dergleichen auf Holz gezogen und lacquirt.

* 11. Der Glas-Nonius-Maaßstab, zu Verfertigung der genauesten geradlinichten und Bogentheilungen, mit einem dazu gehörigen Stangenzirkel.

* 12. Logarithmische Rechenstäbe auf Holz getheilt, 1 bis 4 Schuh lang.

13. Winkelhacken von Meßing, auf welchen viererley Schuhmaaße getheilt sind.

14. Proportionalzirkel von Meßing rad. 6 Zoll, worauf die 6 gebräuchlichste Linien.

* 15. Dergleichen 1 Schuh rad. mit allen von Scheffelt beschriebenen Linien, auch von Meßing.

* 16. Dergleichen perspectivischer, nach Herrn Prof. Lambert, von Meßing.

17. Dergleichen auf Holz gezogen und lacquirt.

18. Paralleliniale, von neuester Art, verschiedener Einrichtung und Größe.

19. Parallelogramen oder Pantographen, zum copiren der Zeichnungen, Mahlereyen, Silhoueten ꝛc. nach verschiedenen Verhältnissen.

20. Stangenzirkel von Meßing und Holz, von verschiedenen Größen und Preisen.

* 21. Der

* 21. Dergleichen drey spitzige, mit 2 Schenkeln, ganz von Meßing.

22. Feldmeßliniale oder Visirregeln, mit tychonischen Absehen, welche auf Meßtischchen gebraucht werden, von verschiedner Einrichtung und Größe.

* 23. Meßregeln ohne Absehen mit einem dioptrischen Tubo campi amplissimi zum Distanzenmessen, und einem meßingnen Verticalsemizirkel der dreyerley Theilungen Gradus, Basis & Catheus, hat, und auf jedem Meßtisch gebraucht werden kann.

24. Dergleichen mit einem andern Tubo, nämlich einem amphidioptrischen, durch welchen man vor= und rückwärts visiren kann.

25. Meßtische, von verschiedener Größe und Einrichtung, mit Stativ.

26. Meßketten von Meßing, nach vorgeschriebenen Schuhenmaaßen.

* 27. Geometrischer universal Meßtisch, der neueste, mit dem Tubo campi amplissimi und aller Zugehör.

* 28. Der Tubus amplissimi campi besonders, mit und ohne Stativ.

* 29. Scheibeninstrument, oder sonst genannte Astrolabia, aber ohre Absehen, mit dioptrischen Tubi, Boussole, und Zugehör.

30. Dergleichen mit drey dioptrische Tub und Zugehör.

31.. er

31. Dergleichen mit einem dioptrischen Tubo amphidioptrico, und übrigens zur Zollmannischen Meßart eingerichtet, sammt Zugehör.

* 32. Der amphidioptrische Goniometer.

* 33. Ein Instrument in Gestalt eines Proportionalzirkels 15 Zoll lang, mit Absehen, vermittelst welchem man auf einem Meßtische alle praktische Operationen ganz einfach ohne alle Rechnung vornehmen kann; man kann es auch zu astronomischen Vergnügen gebrauchen.

34. Kleine Winkelmesser, oder sogenannte Astrolabia, mit tychonischen Absehen und einer Nuß, welche man auf ein Stativ oder Spazierstock aufschrauben kann.

* 35. Spiegelquadrant nach Hadleys Theorie, zu geometrisch = als astronomischem Gebrauch eingerichtet.

* 36. Die neueste und beste dioptrische Nivellirwage.

37. Libellen zum horizontalstellen einer Fläche, als Meßtischchen rc.

38. Das neueste Instrument zum Distanzenmessen, aus einer Station.

* 39. Der neue Sonnenquadrant, von dioptrischer Einrichtung, zu genauer Bestimmung der Mittagslinie und anderm Gebrauch.

40. Ein Instrument welches den Namen Observatorium portatile verdienet. Alle sowohl Horizontal = als Höhenmessungen geschehen durch Schrauben Revolutionen, woven

wovon eine allemal $=$ 1 Grad, die auf denen Cadrans in 60 Theile oder Prima minuta getheilt sind. Der Fuß des Instrumens hat einen unbeweglichen dioptrischen Tubum, vor das Punctum a quo, und der bewegliche Verticalsemizirkel trägt ein 16 zölliges Telescop, in welchem eine auf Glas getheilte Scala oder Micrometer befindlich, auch hat das Instrument einen Zusatz, vermittelst welchem man es als eine parallaktische Maschine gebrauchen kann. Dieses Werkzeug dienet mit vorzüglicher Bequemlichkeit und Genauigkeit sowohl zu geographischen Messungen als auch zu astronomischen Beobachtungen. Die Beschreibung von einem fast ähnlichen Instrument, findet man in den Churfürstl. Bayerischen Abhandlungen.

✱ 41. Planisphærium astrognosticum æquatoriale, vermittelst welchem man die Keuntniß des Himmels, ohne sonderliche Anweisung, und die Gestalt desselben erlernen, die Declinationes und Ascensiones der Sterne, als auch ihren Aufgang, Durchgang · durch den Mittagskreis, Untergang, Höhe derselben über dem Horizont ꝛc. zu jeder Stunde erfahren kann. Auch lassen sich noch viele cosmologische Aufgaben damit ad oculos zeigen und auflößen. Ein Instrument welches bishero nicht wenig Beyfall gefunden.

42. Aequi=

42. Aequinoctial=Sonnemuhren ganz von Meß
ßing, welche man noch bey sich tragen
kann.

43. Horizontal= Sonnenuhren auf Stein,
welche unter verschiednen Polhöhen zu ge=
brauchen sind.

44. Universal=Sonnenringe, die man bey sich
in der Tasche tragen kann.

45. Dergleichen größere, auf einer azimuthalen
Standplatte, welche außer Erforschung
der Zeit auch noch dienen, die Abweich=
ungen der Mauern zu erfahren.

* 46. Reductionsscheibe, zu Regulirung der Pen=
dul= und anderer Uhren.

47. Compteur, der Secunden zeigt und
schlägt; ein sehr bequemes Instrument bey
astronomischen Beobachtungen.

* 48. Polymetroscopium dioptricum vertik=
cale, ganz von Meßing.

49. Telescopia Gregoriana zu 9 Zoll lang.

50. —— —— —— zu 16 Zoll.

51. —— —— —— zu 27 Zoll.

52. —— —— —— zu 36 Zoll, dieses
ist mit einem Stativ versehen, welches die
Horizontal= und Vertikalwinkel angiebt.

53. —— —— —— zu 48 Zoll lang,
sein Stativ ist mit einer Schraube ohne
End versehen, zu sanfter Bewegung.

54. Achromatische Seheröhren in verschiede=
ner Länge und Preisen.

* 55. Camera Obscura, die Große.

⁵ 56. Ca-

* 56. Camera Obscura, die neueste kleinere, von vielfachem Gebrauch zu mancherley Vergnügen.

* 57. —— —— eine noch kleinere, welche zugleich ein catadioptrisches Perspectiv abgiebt.

58. Einfache Sackmicroscopia vor transparente und obace objecte, mit einiger Zugehör in unterschiedlichen Preisen.

* 59. Microscopium compositum, von saubern Holz, mit Glas Micrometer und einiger Zugehör.

* 60. Microscopium, welches vor ein und ebendieselbe Lentille sowohl simplex als compositum ist, und zwar in beyden Fällen, vor durchsichtige und undurchsichtige Gegenstände, mit einfacher und doppelter Beleuchtung, bey dem Tag = als Nachtlicht aufrecht = und horizontalstehend zu gebrauchen; mit einem Zusatz, die Gegenstände welche durchsichtig sind, vermittelst dem Sonnenlichte auf einem mattgeschliffenen Glase vorzustellen, und so man will, darauf abzuzeichnen. Als Compositum hat es ein Glasmicrometer und alle nöthige Zugehör.

* 61. Microscopium Solare vor transparente objecte, bey verfinstertem Zimmer zu gebrauchen: mit dem Zusatz, auch auf Glas gemahlte Bilder bey dem Sonnenlichte statt einer Laterna magica zu repräsentiren, ingleichem daß man auch die Circulation

des

des Gebluts in einem Fisch oder Frosch sehr
bequem damit beobachten kann.

62. Microscopium Solare, vor undurchsichtige Objecte.

* 63. Universal Thermometers mit Weingeist,
wobey die Vergleichungen der acht bekann-
testen Thermometers angebracht, und die
neueste Observationes angemerkt sind.

64. Merkurial Thermometer mit Reaumurscher
oder Fahrenheitischer Scala, wie man sie
verlangt.

* 65. Barometra univers. welche auch auf
Reisen gebraucht werden können, weil sich
die Columma ☿ ii sperren läßt.

* 66. Hygrometra, nach Herrn Prof. Lamberts
Theorie und Beschreibung.

67. Dergleichen, welche man bey sich wie eine
Sackuhr in der Tasche tragen kann, und
besonders in Krankenzimmern sehr nützlich
zu gebrauchen sind.

68. Eudiometer, die gesunde oder ungesunde
Luft in einem Zimmer zu erforschen.

69. Dunstmessere von verschiedenen Flächen und
Höhen.

70. Manometra, von neuer correspondirender
Art.

* 71. Hietometer, oder das neue Regen und
Schneemaaß von Glas, worauf alle Eintheilungen nach Wiener Gewicht und Maaß
gestellet sind.

72. Witterungstabellen, zu bequemer Eintra-
gung der meteorologischen Beobachtungen,
mit

mit allen Instrumenten. Ein Jahrgang
bestehet aus zwölf Blatt.

* 73. Declinatoria magnetica, welche die
Declinationes von drey zu drey Minuten,
vermittelst des Nonius anzeigen. Die
Nadeln derselben sind 10 oder 12 Zoll lang.

* 74. Inclinatoria magnetica, mit einem
Aequationsring, durch welche sich sogleich
aus der Inclinat. die Declinat. & vice
versa ergeben, als auch aus einem jeden
Stand der Nadel, sie mag in oder außer
dem Meridian stehen, die Neugungs- und
Abweichungswinkel gefunden werden.

75. Boußoles, von verschiedner Art und
Größe, auch mit Nadeln die allemal recte
Mittag zeigen.

76. Magnetnadeln von welcher Länge als man
beliebt, in verschiednen Preisen.

77. Kunstmagnete welche 3. 4. 5 bis 10 hiesige
Pfund tragen, wer die Preise nicht scheuet,
dem können auch Magnete geliefert werden,
welche 50. 100 und mehrere Pfund tragen.

78. Assortiments, von Kunstmagneten, zu
den D. Meßmerischen Magnetkuren.

* 79. Die hydrostatische Wage, vor Salzsolen
und andere Flüßigkeiten, die schwerer und
leichter als Wasser sind.

* 80. Hydrostatische Senkwagen von Glas, zu
Untersuchung der specifischen Schwere aller
Flüßigkeiten.

* 81. Luft-

* 81. Luftpumpe mit zwey Stiefeln ohne Hahnen mit Ventilles, einem communicirenden Barometer und Apparat.

* 82. — — eine perpendicular stehende einfache zum treten, nach Rolletischer Art, welche aber mit einem communicirenden Barometer versehen, sammt Zugehör.

* 83. Cabinetantlia mit einem Stiefel, mit Hahnen oder Ventilles, einem communicirenden Barometer und einiger Zugehör, welche auch obige zwey Gattungen haben.

84. Condensationspumpen.

* 85. Electrophors von verschiedener Art und Größe.

86. Electrisirmaschinen mit Glaskugeln und Scheiben, von verschiedener Größe und Einrichtung.

87. Electrisirmaschienen mit Glasscheiben nach engl. Art, von verschiedner Größe.

88. Das electrische Compendium in zwey Futteral.

89. Electrische Apparate von verschiedenen Preisen.

90. Verschiedene Instrumente die zu den Versuchen mit der inflammabeln Luft gehören.

91. Zauberlaternen mit schönen Malereyen in verschiedenen Preisen.

92. Gläserne Brennspiegel, sowohl concava als plana convexa, in verschiedenen Größen.

93. Utrinque convexe Brenngläser in verschied neuen Preisen.

94. Utrin-

94. Utrinque convexe Gläser, deren man sich zu perspectivisch gemahlten Prospecten bedienet, von verschiedner Größe.

95. Deformationsspiegel als Cylinder, Conus, dreyeckiges Prisma und viereckiger Pyramidal, sammt gemahlten Figuren.

96. Glas Scalæ vor alle Arten Tubi welche aus zwey Gläsern bestehen.

97. Glas Reticula oder Micromet. vor die Microscop. composit.

89. Rhomboidal - Micrometers auf Glas, vor astronom. Seheröhren.

Anmerkung. Wo das Zeichen * angetroffen wird, von diesen Instrumenten sind mehrentheils gedruckte Beschreibungen in der hiesigen Klett: und Frankischen Buchhandlung zu haben.

Verzeichniß

sowohl der

von Herrn Georg Friederich Brander,

selbst herausgegebenen

kleinen Schriften,

als auch solcher

die von Gelehrten über einige seiner Instrumente geschrieben worden,

und

bey Eberhard Kletts sel. Wittwe und Frank,

in Augsburg zu haben sind.

Polymetroscopium dioptricum, mit 1 Kupf. 8. 764.
1 1/2 Gr. oder 6 kr.

Johann van Muschenbröck, Beschreibung der doppelten und einfachen Luftpumpe, nebst einer Samm-
lung von verschiedenen nützlichen und lehrreichen
Versuchen, welche man damit machen kann, mit
Kupf. 8. 765.   12 Gr. oder 45 kr.

Kurze Beschreibung einer ganz neuen Art einer Cam.
obsc. ingleichem eines Sonnenmicroscops, welches
man bequem aller Orten hinstellen, und ohne Ver-
finsterung des Zimmers gebrauchen kann, mit Kupf.
8 769.   4 Gr. oder 15 kr.

Beschreibung zweyer zusammen gesetzten Microscope,
mit Kupf. 8. 769.   4 Gr. oder 15 kr.

Arithmetica Binaria sive Dyadica, das ist, die Kunst
nur mit 2 Zahlen in allen vorkommenden Fällen
sicher und leicht zu rechnen, 8.   3 Gr. oder 12 kr.

J. H.

J. H. Lamberts, Anmerkungen über die Branderschen Mikrometer von Glas und deren Gebrauch, nebst der Beschreibung des dioptrischen Glassectors und der neuesten besten Nivellierwage, mit Kupfer, 8. 769. 9 Gr. oder 36 kr.

Michael du Crest, kleine Schriften von den Thermometern und Barometern, mit Kupf. 8. 770. 12 Gr. oder 45 kr.

Beschreibung einer neuen hydrostatischen Wage, nebst zwey hiezu gehörigen Abhandlungen, mit Kupf. 8. 771. 7 Gr. oder 28 kr.

Kurze Beschreibung zweyer besonderer und neuer Barometer, welche sich nicht nur verschließen, und sicher von einem Ort zum andern bringen lassen, sondern auch zu Höhenbeobachtungen vorzüglich zu gebrauchen sind, m. Kupf. 8. 772. 3 Gr. oder 12 kr.

Neue Art, Winkel zu messen, vermittelst eines neuen amph dioptrischen Goniometers; ingleichem Linien und Zirkel mit dem Glas-Nonius-Maaßstab scharf und richtig zu theilen, mit Kupf. 8. 772. 8 Gr. oder 30 kr.

Neuer Geometrischer Universalmeßtisch, nach seiner Zusammensetzung und nach seinem Gebrauch beschrieben, mit Kupf. 8. 772. 4 Gr. oder 15 kr.

Kurzgefaßte Regeln zu perspectivischen Zeichnungen, vermittelst eines zu deren Ausübung, so wie auch zu geometrischen Zeichnungen, eingerichteten Proportionalzirkels, mit Kupf. 8. 772. 4 Gr. oder 30 kr.

Beschreibung und Gebrauch der Logarithmischen Rechenstäbe 8. 772. 1 1/2 Gr. oder 6 kr.

Kurze Beschreibung einer kleinen Luftpumpe oder Cabinets Antlia, mit Kupf. 8. 774. 5 Gr. oder 20 kr.

Beschreibung eines Spiegelsextanten, ingleichem einer neuen Abänderung des Meßtisches, wie auch eines ganz neuen Meßtisches und des sogenannten Scheibeninstruments, als der zweyte Beytrag zu der Beschrei

ſchreibung des geometriſchen Univerſalmeßtiſches 8. 774. 8 Gr. oder 30 kr.

Lamberts Hygrometrie, oder Abhandlung von den Hygrometern, aus dem Franzöſiſchen, mit Kupf. 8. 774. 9 Gr. oder 36 kr.

Fortſetzung der Hygrometrie, 8. 775. 6 Gr. oder 24 kr.

Quadrans aſtronomicus novus deſcriptus & examinatus à P. Cæſ. Amann. t. Fig. 4. 9 Gr. oder 36 kr.

Beſchreibung der neueſten Cam. obſcura von vielfachem Gebrauche 8. 775. 3 Gr. oder 12 kr.

Beſchreibung des ganz neu verfertigten und beſondern Planisphærii Aſtrognoſtici æquatorialis. Vermittelſt deſſen man nicht nur alle Sterne ſogleich am Himmel finden, ſondern auch alle Aufgaben der Cosmologie auf eine recht vorzügliche mechaniſche Art ſehr leicht und richtig auflöſen kann, mit Kupf. 8. 775. 9 Gr. oder 36 kr.

Beſchreibung des neu verfertigten Spiegelquadranten, nach Hadleys Theorie, mit einem Artificialhorizonte zu geometriſchen und aſtronomiſchen Gebrauche. Mit beygefügten Nachrichten, 1. vom Elecktrophor, 2. den hydroſtatiſchen Senkwagen von Glas und 3. des Horodicticum meridionale oder Reductionſcheibe, zu regulirung der Pendul- und anderer Uhren, mit Kupf. 8. 777. 4 Gr. oder 15 kr.

Beſchreibung eines magnetiſchen Declinatorii & Inclinatorii, nebſt der Anweiſung, wie man ſich dieſer Inſtrumente bedienen ſoll, ſammt beygefügten Beſchreibungen eines neuen Sonnenquadranten, 8. 779. 6 Gr. oder 24 kr.

Beſchreibung und Gebrauch eines geometriſchen Inſtruments in Geſtalt eines Proportionalzirkels, welches in allen practiſchen Fällen der Feldmeßkunſt leicht zu gebrauchen, auch zu aſtronomiſchen Vergnügen dienet und auf Reiſen bequem mit ſich geführet werden kann; nebſt angehängter Beſchreibung eines Syſtems von Maaßſtäben zu Zeichnungen, mit Kupf. 8. 780.